辽西旧体诗诗人自选集

短笛横吹

刘双立/著

燕山大学出版社

·秦皇岛·

图书在版编目（CIP）数据

短笛横吹 / 刘双立著. —秦皇岛：燕山大学出版社，2019.6（2026.1重印）
ISBN 978-7-81142-819-3

Ⅰ. ①短… Ⅱ. ①刘… Ⅲ. ①诗集—中国—当代 Ⅳ. ①I227

中国版本图书馆 CIP 数据核字（2019）第 110883 号

短笛横吹

刘双立 著

出 版 人：陈 玉
责任编辑：张 蕊
封面设计：朱玉慧
出版发行：燕山大学出版社 YANSHAN UNIVERSITY PRESS
地 址：河北省秦皇岛市河北大街西段 438 号
邮政编码：066004
电 话：0335-8387555
印 刷：廊坊市印艺阁数字科技有限公司
经 销：全国新华书店

开 本：700mm×1000mm 1/16　　印 张：14.5　　字 数：150 千字
版 次：2019 年 6 月第 1 版　　印 次：2026 年1 月第 3 次印刷
书 号：ISBN 978-7-81142-819-3
定 价：58.00 元

序

周锦文

双立的第二部诗集《短笛横吹》即将付梓，值得期待。作为他写作经历的见证者、他所写古风的第一读者和这本诗集的编辑整理者，我有一些心得想和大家分享。

双立之所以痴迷于旧体诗，是因为一直感恩他曾当过教师的母亲。从他咿呀学语开始，母亲就有意识地培养他对旧体诗的兴趣，六十年来他始终孜孜以求。退休之后，闲暇时间多了，他常常手不释卷，还效仿古代诗人外出踏青赏菊、游山玩水、以文会友、访古寻幽。这一切，都成为他笔下活生生的诗句。说到笔，双立是我所了解的作家诗人中为数不多依然用笔写作的人之一。他不是不会用电脑、手机，他说用笔写作，一是方便，可以随时随地记上几句；二是习惯，喜欢笔游走在纸上的那种感觉。

《短笛横吹》共收录双立的古风近400首，是从他2018年所写的近500首诗中挑选出来的。一年365天，他写了近500首诗，不可谓不勤奋。诗集分“四季行吟”“山水咏叹”“怀古惜今”“八方游踪”“人生感悟”“寄兴寓情”“心念桑梓”七个单元，从中可以看出双立的生活轨迹和良好心态，还有他在写作古风上的追求与进步。

诗友们说：双立的诗，大多都自由洒脱，用字浅显，通俗易懂，自成一派；双立的诗，许多都是写生活的历程，记录人生的思想脉络，启迪读者的心智；双立的诗，有大丈夫气概，语言流畅而真挚，灵动的诗句，好像在人心中游走；双立的诗，放浪形骸，肆无忌惮，自由自在，恬静婉约，既平铺直叙，也雕琢特色；双立的诗，幽默，直观，直达人性深处，多直抒胸臆之作，读来令人舒畅。

林林总总，我亦有同感。双立的诗，总是那么古朴清新、乐观潇洒。常常是信手而作，随口占之，任情适意。诗作的平常语中，总能让人读出点哲理来，总是平白之中有一种独特的味道在里边。双立的诗，句子简单，意味十足，看似不经意的自由发挥，其中却蕴含着丰富的才学。双立的诗，文笔凝练、洁净，意境悠远、幽静，有强烈的画面感和浓郁的古典情怀，一丝淡淡的忧伤弥漫开来，也能让人回味良久。

双立选择和坚持创作古风的原因，一方面是这种体裁的语言高度凝练、简约精悍，具有抒情性、含蓄性、跳跃性等特点，能迅速聚集和调动自己的知识积累和生活经验，能准确表达和集中表现自己的所见所闻所思所想；另一方面，可以通过语序倒装、主语变换、借代隐含、时空跨越等手法，设置言外之意、弦外之音、景外之景、象外之象，给读者留下艺术想象和再创造的空间，进而达到状物抒怀、寄情言志、愉悦心灵的目的。

双立的古风短小清新，构思奇特，意境如画。他的诗大多看上去是兴之所至，信手拈来，随性而发，但仔细品味，却能发现他的苦心孤诣，匠心别具，换韵自如，且遣词造句十分讲究。“黄鹤高飞千载后，大江东去万代流。春风无穷汉阳树，烟波何处鹦鹉洲？”（《登黄鹤楼兼怀太白》）诗中讲究对仗，巧妙地表现了“灵动”和“禅静”的意境。双立有机会就逃离钢筋水泥的丛林，喜欢到大自然中去放松身心。仲秋去绥中港，他兴致盎然：“淡烟逐海动，轻鸥衔风行。微阳递晚照，鸿雁送秋声。”（《绥中港晚眺》）寥寥几笔，生动勾勒出海港之美，描状出海港之秋的独特之处。他以欣喜入微的笔触，描绘了人们身边层见叠出、习以为常的景物：“山头山下野桃花，春去春来自芳华。问君何须愁夜永，风起云回日又斜。”（《野桃花》）诗人田野信步、心怀恬淡、怡然自乐的形象跃然纸上。让人不由自主就会联想起前世与来生，名声与修行，如烟似岚，缥缈在人们的面前，令人们或思索或仰视，哪怕只是短暂的一瞬，也会起到洗濯与清醒脑际的作用。他用拟人的手法写出黄鹂与青溪的和谐相处，天然的美景令人心怡：“上下天光碧无限，远近山色绿有边。抱树黄鹂不住唤，裹冰青溪尽情喧。”（《咏山水气象》）面对山水，诗人的色彩感极强，用“碧”“绿”“黄”“青”给我们展示了一幅色彩斑斓的水彩画。归纳得准确、表达得委婉，亲切自然，不落窠臼。他融于自然，按捺不住暂时远离都市的欣喜：“月山立不语，杨河流有情。风柔柳花白，日暖高粱红。”（《故乡行》）故乡，在诗人眼里，风也柔，日更暖，可见诗人是动了真情。“入冬行人断，寂寥闾山闲。泉歇畏风冷，草低怯霜寒。翠柏犹挺拔，青岩更弥坚。何处无名鸟？惊客一声喧。”（《游闾山》）与“停车坐爱枫林晚”“独钓寒江雪”有异曲同工之妙。用短短几字，就生动刻画出彼景彼情，物情交融，写出了作者的恬淡和安然。双立把闲暇的时光过得诗意盎然：“诗读李杜日复夜，斗室窃喜添诗学。晨起新迎一轮日，晚归笑揖满弓月。”（《东山晚意四首》之二）这首诗是作者退休后的生活缩影和真实写照。“听钟感岁除，闻鸡报晓筹。孤月倦山下，群星隐城头。丹霞出海曙，晨风吹山秀。春来归何处？已绿门前柳。”（《古城晓》）诗人在诗中用了大量的动词，让画面带有动感，让读者有身临其境的感觉。

在双立看来，诗入世、入史，更入时。文化的进步、艺术的成长、友情的培育、人文的修养，既要尊重传统、返璞归真，又要推陈出新、与时俱进。我们应该用快乐、开放的心态去迎接和拥抱这个世界的变化和进步，如此，人生的道路才会久远，才会芬芳，才会风光无限。我们知道，诗有多样的表达形式和独特的美感，思远怀古、状物抒情，乃至褒贬时事、酬酢应对，均能显示出诗人的文人情怀和高洁志趣。双立的诗铺叙开合，平和幽雅，淳朴蕴藉，自然洒脱，立意新颖。炼字、炼句、炼意之间，诗情满怀。读双立的诗，好似与其隔空对话，仿若一位儒雅的诗人伴我们左右。

诗如其人，人如其诗，诗歌早已成为双立生活的一部分。他在细致入微地观察生活，饱含对事物的热爱、对生活的赞美和对自然的尊重。心至善，情至诚，志必坚。只有简单着，才能快乐着。双立选择在嘈杂拥挤的城市中，过一种简朴素净的生活，感受生活之美，体味友情之美，诗歌对他来说无可替代，万古长青。

双立已过耳顺之年，至今仍能背诵千余首唐诗宋词，这些经典是他学习古风不竭的动力，也是他创作古风的宝贵财富。他常说，文以载道，经典古诗文是中国优秀传统文化最好的载体。背诵这些经典古诗文，对人的眼界、胸怀、志气以及品格修养的提高都大有帮助。

当然，客观地讲，双立创作的古风仍存在着一些可以上升的空间，譬如在部分诗句的平仄上不是很严谨，还有些诗句、押韵字也许是顾忌因词害意而有重字、同音字现象，多少影响了古风的语言美和韵律美。不过，今人学作古风是“戴着镣铐跳舞”，也许双立是在大胆尝试一种突破，在韵与形是否必须照搬传统的问题上希望引起争鸣，共同商榷。

古风的魅力在于它的缤纷和言外之意，双立在文学之途已不是蹒跚学步的孩子了，相信他在日后的文学生涯中会孕育出更多气象万千的作品呈献在读者面前。

多言了。是为序。

2018年11月16日

于兴城弘熙园铁杵斋

（作者系中国作协会员、高级记者）

目　录

四季行吟

春景……003
春夜……003
春日……004
踏青行……004
咏桃花……005
三月游……005
野桃花……006
桃花雨……006
春耕……007
早春……007
早春图……008
春分至……008
惊蛰感怀……009
惊蛰后……009
春行看桃李……010
春雨后……010
春日山居……011
春晚遇雨……011
立夏有感……012
小满又题……012
夏日早行……013
雨后山中行……013
中夏早行……014
夏游……014
夏夜纳凉……015
苦旱求雨……015
雨后……016
久旱乞雨……016
夏日……017
夏至……017
夏夜……018
雨后有感……018
夏日午眠……018
夏日山中行……019

夏日登高……………………019
雨后行………………………020
夜雨初晴远眺………………020
雨中游兴……………………021
大暑…………………………021
三伏庭院赋…………………022
秋意…………………………022
秋兴…………………………023
秋晨…………………………023
秋日登高感怀………………024
秋日晚登高台山望海…025
晚步秋意……………………025
秋日入山……………………026
秋晚路上……………………026
中秋偶感……………………027
秋思…………………………027
秋花遇………………………028
咏菊三首……………………028
霜降感赋……………………029
咏梅…………………………030
雪中即景……………………030
雪……………………………031
喜雪…………………………032
冬日晚望……………………032
腊月…………………………033
大寒…………………………034
三九天………………………034
腊八有怀……………………035
冬日即景……………………035
元旦…………………………036
元日怀思……………………036
春节后有怀…………………037
冬日晚登兴城钟鼓楼…037
冬日村行……………………038

山水咏叹

望首山………………………041
首山下………………………041
进山…………………………042
山事…………………………042
山村行………………………043
山行…………………………043
山中再行……………………044
山行纪事……………………044
山中居………………………045
新开岭………………………045
上虹螺山……………………045
首山早望……………………046
登高吟………………………047
上大台山……………………047
再登锥子山…………………048
登首山………………………048
卧牛山………………………049

春日偕友抚兴登兴城西岭……049
山行吟图……050
咏山水气象……050
龙回头远眺……051
醉后山行……051
月山早行……052
山行道中……052
早望首山……053
山中幽居……054
登高远望……054
重游白狼山……055
白狼山上……055
初秋登五顶山远眺……056
游建昌大峡谷遇雨……056
再登白狼山……057
九月九日登首山有述……057
海思……058
海边情思……058
咏海……059
栈道远眺……059
晚游兴海栈道……060
登八一疗养院望海楼遇雨……061
晨起上八一疗养院东楼……062
早发滨海公路……062
过卧牛山……063
海滨晚望……064
晚过滨海公路……064
栈道晚作……065
晚登观海楼有作……065
海畔情思……066
临海……066
临海远眺有怀……067
晚登三礁揽胜亭有作……067
观海有怀……068
绥中港晚眺……068
登兴海栈道早望……069
六股河……069
桥上……070
南河柳……070
绥中九江河抒情……071
游绥中六股河入海口……071
向晚岸行……072
三亚湾即景……072

怀古惜今

忆史……075
读史……075
读史偶得……076
登赤壁山……076
马嵬坡怀古……076

武侯祠……………………078
赤壁山怀古………………078
白帝城……………………079
咏辛弃疾…………………079
读白居易诗………………080
燕昭王……………………080
太子丹……………………081
霸王累四首………………081
贾谊宅……………………083
咏毛文龙…………………083
过张勇墓…………………084
咏纳兰……………………084
仓央嘉措…………………085
登黄鹤楼兼怀太白………085
端午吊屈原………………086
端午节登楼远眺…………087
又吊屈原…………………087
登古城远眺兼怀旧友……088
古城晓……………………088
古城晨曲…………………089
中秋夜登钟鼓楼…………089
过山海关…………………090
又登长城…………………090
登卧牛山长城……………091
游明性寺…………………091
登瑞州北楼………………092
春登山海关城楼…………093
秋日登岘山怀古…………093
登角山长城………………094
再登小河口长城…………094
谒栖霞山双寺庙…………095
秋日独宿岳阳城
忆故乡……………………096
登黄鹤楼…………………096
山海关晓望………………097
再登瑞州城楼……………097
首山烽火台………………098
登首山烽火台……………098
又登首山烽火台…………099
雨后登首山烽火台
早望………………………099
登首山烽火台早望………100
偕友登首山烽火台………100
登兴城钟鼓楼二首………101
晨游古城有望……………102
庐山极顶感怀……………102
谒朝阳宫…………………103
茶棚庵遇雨………………103
复登古城…………………104

八方游踪

祁连山下…………………107
上松花江北楼……………107

巫峡口·巫峡石……108
老龙头远眺……108
初登千山……109
黄洋界……109
旅夜抒怀……110
游……110
新江阳客馆远眺……111
过韶山……111
京沈高铁早望……112
去辽沈途中……112
过哈尔滨……113
出蜀后三首……114
游闾山……115
飞机上……116
下三峡……116
橘子洲头情思……117
夜宿太湖……117
宿五云山庄……118
泰山……118
望江亭……119
登华山落雁峰……119
去沈途中所见……120
宿卢龙……120
咏长江……121
江南吟……123
重游三峡……124
在海岛……124
过赵尚志故居二首……125
车过锦州……126
宿双溪山庄念故乡久旱无雨……126
纪行……127
宿武汉宾馆……128
秋日去沈阳……128
晚宿东山岛观日峰……129
晚宿海口白云山庄……129
风雨亭……130
登泰山绝顶……130
登雁落山……131
上紫荆山……131
宿燕山宾馆……132
登庐山……132
去沈途中遇雨……133
宿青衣江……133
登长白山兼怀杨靖宇将军……134
登老龙头最高处……134
江畔吟……135
浑河泛舟……135
车过盘锦雨中即景……136
雨中游大鹿岛……136
鸭绿江岸远眺……137
秋登泰山……137
出蜀……138

过汨罗…………………138

人生感悟

东风破…………………141
秋日登母校锦师专楼…141
无题四首………………142
偶思……………………143
野游图…………………143
闲吟……………………144
有思三首………………144
偶得……………………145
小池……………………146
东风吟…………………146
阳光赞…………………147
岁末出城………………147
无题……………………148
有感……………………148
干休所…………………149
偶吟……………………149
遥想……………………150
偶感……………………150
登高有怀………………151
假花·真花……………151
人生……………………152
世事咏叹………………152
偶题……………………153
偶成……………………153
忆旧……………………154
偶录……………………154
抒怀……………………155
怀旧……………………155
郊游……………………156
过锦山厂旧址…………157
有感……………………157
梅柳……………………158
独思……………………158
登楼情思………………159
岁末有思………………159
晚晴写意………………160
有思……………………160
不眠……………………161
独行……………………161
兴建高速途中…………162
即景……………………163
兴游……………………163
重走求学路……………164
春和园小区晚景………164
过中央商务区…………165
苦热……………………165
去市政府驻地途中……166
行锥子山公路…………166
早过滨海机关大院……167
登高……………………167

行……………………168

寄兴寓情

待人……………………171
送友……………………171
送别……………………172
思人……………………172
盼归……………………173
示孙儿…………………173
凌河桥上忆别…………174
逢处暑忆故人…………174
过兴城城东区兼赠旧友
　学利…………………175
赠旧友…………………176
赠振博…………………176
赠欲仑友………………177
哭魏哲先生……………177
赠友树槐………………178
赠治军…………………178
早行所见………………179
早行即景………………179
晨起即景………………180
东山晚意四首…………180
晚游小园………………182
早望……………………182
清早……………………183
晨………………………183
晨望……………………184
早………………………184
清晨即景………………185
晓………………………185
晨曲……………………186
早行……………………186
早村……………………187
晨景……………………187
夜色……………………188
夜色吟…………………188
月夜行…………………189
月夜作…………………189
问月……………………190
月夜……………………190
月光曲…………………190
题月……………………191
咏月……………………191
寄怀……………………192
寄情……………………192

心念桑梓

思归……………………195
过年……………………195
住朗月村………………196
过东村…………………196

车过故乡……………………196
村中过小年二首………197
月夜宿故乡……………198
村行…………………………198
故乡村小…………………199
旧宅…………………………200
回故乡………………………200
小溪…………………………201
登望乡台…………………201
宿上村………………………202
入村…………………………202
故乡吟………………………203
乡游…………………………204
故乡行………………………204
乡思…………………………205
山村夏景…………………205
故乡行吟…………………206
野望…………………………206
假日回乡偶遇邻家
　婚礼……………………207
故乡所见…………………207
小满驱车村行…………208
夏日山村即景…………208
雨后游村…………………209
山村之晨…………………209
山村闲居…………………210
初夏山村晚望…………210
村晚…………………………211
宿村遇雪…………………211
客农家………………………212
晚次二龙山村…………212
宿故人山庄早望………213
村溪行………………………213
过故乡河桥有感………214

短笛横吹·四季行吟

春　景

春风未到柳先知，
彩蝶迟来花旧识。
只待明朝喜雨至，
出城桃李有几枝。

春　夜

花期约明晨，
明晨满园春。
只恐风雨至，
空枝见泪痕。

春　日

风起才闻近水声，
云来难望远山城。
鸿雁北来衔春意，
粉蝶西去入晚晴。

踏青行

在家半月不出门，
入山十里万象新。
风摇幽花溢香气，
雨洗垂柳长精神。
红黄分属蝶影乱，
青葱独占翠鹂吟。
最逗儿童溪钓月，
清波不动戏鱼人。

咏桃花

远近春光无尘垢，
山村三月新雨稠。
直北叠翠一峰秀，
正南砌碧两水流。
村里儿童相追逐，
田间老叟运犁钩。
满院桃花嫣然笑，
引来双蝶戏枝头。

三月游

春日出城何所之，
山行定不负春时。
河中残冰来急急，
田洼余雪化迟迟。
几许晓风路上挤，
三分春色柳成丝。
且欲登临入云里，
只恐云轻力不支。

野桃花

山头山下野桃花，
春去春来自芳华。
问君何须愁夜永，
风起云回日又斜。

桃花雨

出门知行早，
入云觉来迟。
松枝轻拂面，
飞泉近上衣。
斜送杨柳风，
乱落桃花雨。
布谷声声里，
田家忙早犁。

春　耕

布谷声声催早耕，
村溪两岸相呼应。
农家倾出事垄亩，
推门踏碎满天星。

早　春

八九寒犹在，
春足总徘徊。
雨音千里远，
雁讯九天外。
田间卧积雪，
路边站老槐。
柳丝最可人，
吐绿羞半开。

早春图

四月谁遣乾坤手，
饱蘸晨光绘画轴。
雨里紫燕剪帘幕，
河心白鹭立芳洲。
风前直杨勤舞袖，
岸边垂柳懒梳头。
一春美景在田畴，
农家把犁鞭耕牛。

春分至

冬春昨划限，
昼夜今分半。
阴阳均衡并，
寒热交融连。
风雨常滞后，
雷电总在先。
黄鹂不知倦，
柳枝唱正欢。

惊蛰感怀

惊蛰如期至，
大地转复苏。
蓝天望高远，
碧海观浪逐。
草木方渐醒，
虫蛇呼欲出。
万类且静候，
惊雷待正午。

惊蛰后

数雷昨夜鸣，
百虫今晨醒。
新柳先吐绿，
晚桃后绽红。
黄鹂临风语，
紫燕傍雨行。
田家试农机，
跃跃欲早耕。

春行看桃李

驱车投小村，
踏青长精神。
白鹭戏水浅，
黄莺唱树深。
懒散日出海，
悠闲山披云。
路旁数桃李，
红白正摇春。

春雨后

好风随人意，
喜雨不住喧。
疲倦云隐月，
殷勤日出山。
村园花竞艳，
河路车争先。
村村乡亲早，
倾家事春田。

春日山居

山居寻何处？
风光在登楼。
粉蝶采花蕊，
画眉唱枝头。
稚子家念父，
乳燕巢待母。
袅袅远城市，
独行亦独宿。

春晚遇雨

无心攀远山，
有意事春田。
荷锄晨光里，
操犁晚云边。
细草同苗长，
阵雨和露悬。
日暮且返回，
家家上炊烟。

立夏有感

春去情依依，
夏至意迟迟。
苦热炎炎日，
清凉时时雨。
桃李谢芳菲，
稻谷上果实。
近寻柳荫地，
捉风当扇子。

小满又题

小满来悄然，
一夜雨相连。
山高自生瀑，
林茂任吐泉。
白鹭冲云外，
碧溪向海边。
雾气不堪望，
四野积风烟。

夏日早行

风和又日丽，
野花来依随。
信鸽只独往，
蜻蜓结队飞。
小溪鱼纷逐，
高杨蝉乱啼。
万物重夏季，
最好是晨曦。

雨后山中行

昨与故人期，
携杖上翠微。
树静风渐息，
雨歇云未归。
空谷生寒意，
小溪看鸟回。
晚日已西坠，
野菜面向谁。

中夏早行

晨起何用唤，
独行识大千。
黄鹂声舒展，
玄蝉曲悠闲。
蜻蜓飞款款，
粉蝶舞翩翩。
殷勤留晚日，
今夜不许还。

夏　游

入夏难得清凉天，
老夫出郊步悠闲。
高杨婆娑鸟声乱，
大道纵横汽笛喧。
云海剪开雨幕挂，
峰岭劈断瀑布悬。
日暮回城惜身转，
晚日疲倦犹抱山。

夏夜纳凉

读书不知已夏深，
入夜景物更可人。
明月无端进深院，
清风有意推重门。
彩蝶乐向花间舞，
玄蝉喜在树上吟。
昨约老友今来否？
白酒早已为君温。

苦旱求雨

无心赏晴日，
有泪浸多时。
涧鱼愁水落，
田禾恨雨迟。
蝶影昼不见，
蛙鼓夜难觅。
向晚始风起，
片云山头依。

雨后

出门周身寒，
双层衣犹单。
山口黑云卷，
河心白浪翻。
风逼树伏地，
雷驱雨接天。
一片迷蒙里，
可知是何年？

久旱之雨

始出汗蒸夜，
又坠桑拿天。
炎波卷城镇，
热浪吞山川。
峰岭剩寸凉，
河流余滴涓。
长空寻之遍，
雨云何处闲？

夏 日

节气喜昼转，
夏至名夜传。
紫日拎海煮，
白月抱山煎。
雨云逃千里，
清风敢一言。
恨不生双翅，
直上昆仑巅。

夏 至

黑夜星途短，
白昼日行长。
时许鹿角解，
树允蝉声唱。
圆荷水中举，
半夏土里藏。
晚卧画亭畔，
竹扇送风凉。

夏　夜

身近不盈尺，
心隔几重山。
听雨两行泪，
看花一声叹。

雨后有感

好雨时有无，
红花易荣枯。
暂处时愈好，
久栖日渐疏。

夏日午眠

午日慵懒正堪眠，
团团柳絮入窗看。
抚罢肩头又抚脸，
试问东风管不管！

夏日山中行

雨后放新晴，
循河依山行。
家犬卧树影，
野雉隐草丛。
数鱼争顺水，
多鸟偏逆风。
路遇几童子，
上学步匆匆。

夏日登高

晨起步落月，
登高望四野。
云散知雨去，
树静觉风歇。
潮退海沉默，
山出鸟放歌。
远来长龙过，
隆隆驰动车。

雨后行

久卧东岭云，
才随南河漪。
绿柳岸边列，
白鹳波中立。
林鸟声含湿，
田禾尘尽洗。
村前一条溪，
扶墙欲上衣。

夜雨初晴远眺

劲风来日晚，
骤雨夜来喧。
林梢成涓滴，
岩畔出涌泉。
玉米听拔节，
高粱上红颜。
放晴登高望，
片云依远山。

雨中游兴

冠游多胜境，
偏爱雨中行。
松杨同趋上，
花草共向荣。
江阔却慕海，
山高不称雄。
万物有生灭，
逢时贵谦恭。

大　暑

开门接大暑，
热浪迎面扑。
土地经水滤，
空气过火煮。
雨帘悬白昼，
萤群堆夜幕。
高粱红晕泛，
玉米银须吐。

是时长万物，
旦暮待秋熟。

三伏庭院赋

三伏意如何？
人间怨最多。
天啬半滴雨，
地燃千把火。
炎流烤山影，
热气煮海波。
闲蝉百不解，
昼夜尽情歌。

飒飒霜欺黄叶地，
凄凄雨虏碧云天。
燕山广远下万木，
渤海空阔走千帆。

高速车流泻无限，
长空雁阵去何边？
花好月圆不常见，
风和日丽古难全。

秋　兴

人间万物醒，
尽赖雄鸡鸣。
初见风萧萧，
始听车隆隆。
长天鸿雁过，
大海白帆行。
上得首山去，
路边菊花迎。

秋　晨

雄鸡报三唱，
小城披曙光。

山远云千片，
天高雁一行。
稻穗吐粒满，
菊花溢心香。
满地黄金色，
农家乐无疆。

秋日登高感怀

早怀五岳志，
今遂四海游。
长天谁做主，
大地无尽头。
雁阵过有数，
车流往不休。
登高怀今古，
拨云一探幽。

秋日晚登高台山望海

高台百丈雄，
辽西一望空。
去雁抱日沉，
归舟挽月行。
遥山云初起，
临海潮始生。
欲投远村宿，
不识来时径。

晚步秋意

嘉景令却步，
十里入画图。
白云来复去，
黄叶落还浮。
果香醉晚日，
稻黄染秋芜。
欲留还欲走，
菊花笑踌躇。

秋日入山

路长终有尽，
山多总无穷。
数峰从南来，
一水至北行。
家犬吠寒日，
残菊泣晚风。
薄雾和愁起，
何处鸿雁声？

秋晚路上

兴来驱车行，
余霞弄晚晴。
残菊风犹挺，
败叶草相容。
粹蝶过无影，
寒鸦栖有声。
回望天海处，
灯火一城明。

中秋偶感

满地菊花落簌簌，
长空鸿雁叫啾啾。
倚杖踏桥风入骨，
余生尚有几中秋。

秋　思

花谢花飞雁啾啾，
年年伤春复悲秋。
无山不爱云中住，
是水皆向低处流。
寒风一夜任来往，
好雨半晌自去留。
悲思无限归何处？
夕阳力疲坠南楼。

秋花遇

草间花几枝，
暮雨述相思。
芳心满凄苦，
枝叶含泪湿。
杨柳浑不识，
榆槐问岂知。
唯有双飞蝶，
殷勤探芳姿。

咏菊三首

（一）

不与群芳立春丛，
但凭孤影傲霜冰。
莫叹菊黄无知己，
天上还有大雁行。

（二）

自是花中最倾情，
香艳千村与百城。
纵是秋风秋色里，
稻谷流金高粱红。

（三）

潮起潮落不言停，
花开花落纵死生。
芳华谁挽红尘落，
天涯何处与君逢？

霜降感赋

一队南飞雁，
衔来霜满天。
桥下鸭游暖，
枝头鸟声寒。
风劲人行少，

路滑车打旋。
小城喇叭乱，
远近四方传。

咏　梅

若无东君作筋骨，
残山剩水几人扶。
年年余雪留不住，
只待梅花一破出。

雪中即景

（一）

出门四望觉迷离，
素裹银装高复低。
雪落雪飞山满雪，
溪流溪歇路成溪。
村南村北炊烟密，

街后街前人影稀。
夜来时有鞭炮起，
惊起檐前雀空啼。

（二）

冬至风雪即摇村，
阡陌无踪山隐身。
天光上下虚空色，
林海远近静无音。
唯见雄鹰添气象，
但知梅骨抖精神。
眼前风景何须憾，
已借江南一尺春。

雪

来何匆忙去何迟？
来亦有日去无时。
鸿雁过尽秋去后，
桐叶落净日斜西。

岸送风递寒梅意，
山挺云举古松姿。
万物且眠不须问，
只待惊天雷声疾。

喜　雪

姗姗瑞雪缓来迟，
软如柳絮细如丝。
步道行人皆摇颤，
路中驰车自逶迤。
林梢挂玉时滴脆，
楼顶铺银不肯离。
料想东海冰封夜，
明晨旭日照银枝。

冬日晚望

空旷望无物，
懒散春渐苏。

家山寂无语，
村水忘奔逐。
冷风人却步，
霜晨日踌躇。
数犬路边吠，
群雀林间呼。
谁人溪桥上，
暝色盼月出！

腊　月

腊月登临望，
送目宜远方。
云淡天空阔，
风轻海微茫。
山披两肩雪，
地覆一身霜。
只待惊雷响，
万物浴春光。

大　寒

小寒接大寒，
大寒快过年。
鸭绒被觉薄，
貂皮衣犹单。
雪冷锥刺股，
风寒刀刮颜。
霜晨日光敛，
何处汽笛喧。

三　九　天

一九风透肤，
三九寒彻骨。
颓山寂无语，
荒水滞不出。
树冷鸟声颤，
路滑行人扶。
白日似怕冻，
躲进远山谷。

腊八有怀

腊八寒彻日，
冰风刺骨髓。
辽阔海凝重，
高远天深邃。
山寂草沉睡，
河静廖无语。
唯见高速上，
车流自不息。

冬日即景

冬至望近远，
变与不变间。
水低倦草甸，
山高挺云天。
抱日心觉暖，
握雪骨生寒。
雀群一树闹，
驻足仔细看。

元　旦

今年今夜旧，
明年明日新。
红颜谁笑老？
白发独悲春。
寒岭日融雪，
冷松年增轮。
欲饮思吞海，
杯酒莫辞频。

元日怀思

行行寻旧迹，
寂寂归故林。
风融燕山雪，
水漾辽西春。
村柳绿前夜，
芳草萌此晨。
昏鸦卧晚日，
且喜物华新。

春节后有怀

雨水过几日，
年味渐凋残。
首山浑如睡，
古城依旧颜。
鞭炮声疏稀，
灯火照阑珊。
隔河闻犬吠，
时断时续连。

冬日晚登兴城钟鼓楼

四面高城杨柳掩，
十里长街楼阁连。
雪欺南河水无语，
风撼首山树有言。
寂寂古城入岁晚，
凄凄荒村坠暮寒。
万物俱静归夜幔，
何处栖鸟一声喧。

冬日村行

夕烟起东岭，
万壑入苍暝。
鸟惊新月白，
犬吠夕阳红。
衣增人步重，
叶减树体轻。
兴来无远近，
肩披满天星。

短笛横吹·

山水咏叹

望首山

千尺首山踏海涛，
向来自认一代骄。
远望白狼耸云表，
辽西唯此最高标。

首山下

出门着衣单，
信步踏悠闲。
片云依山近，
孤帆去海远。
风暖柳拂岸，
雨足河摧山。
一望俱入眼，
数鸥剪蓝天。

进　山

进山危岩挂泉声，
入云野径满松风。
栋宇高开两峰峙，
桃杏低垂一水中。
疏星随我从北去，
微云携月向西行。
身正先闻钟声远，
心诚头香火烛明。
拾得石阶入佳境，
一路向高体更轻。

山　事

去岁登临今又回，
正是春色无限时。
云绕山前殊未觉，
山起脚下深不知。
款款溪流初谋面，
丛丛花草旧相识。

只是黄鹂失有礼，
见人无语换高枝。

山 村 行

花飞春欲归，
野径觉凄迷。
树暖皆滴翠，
云深尽含雨。
碧泉涧底涌，
翠鸟半空啼。
山村何处在？
日边一声鸡。

山 行

春风春雨有序来，
桃花李花次第开。
山行十里迷人眼，
不许半步作徘徊。

山中再行

踏碎一天星，
佳晨看风景。
岸柳随心绿，
浮云任意行。
南河水汩汩，
北岭草青青。
墙角一堆雪，
羞愧无地容。

山行纪事

一夜仍闻酒香浓，
停舟登岸拄杖行。
阵雷急起直北雨，
瀑布忽挂正东峰。
草蔓低回近牵袂，
松啸长歌远相迎。
在山已蓄风云势，
出山但见洪波涌。

山中居

四处青山乐厚待，
满天白云喜挚爱。
一坡翠竹宜啸吟，
三间茅屋尽开怀。

新开岭

孤雁哀哀似悲秋，
寒水凄凄咽还流。
向晚悲思和云起，
半绕岭头半心头。

上虹螺山

有道虹螺险，
我来一登攀。
高标九天上，
威风八面传。

岩边生日月，
林表落霄汉。
云海容四季，
山丛分幽燕。
风推松涛响，
雨送瀑布喧。
拭目看无限，
逶迤下寒烟。

首山早望

林忆旧相识，
寺爱重逢时。
三首云袅袅，
一城雾迷迷。
南河鸟唧唧，
东海帆迟迟。
故园牛犁早，
春来秋已知。

注：“三首”即兴城首山，因三座主峰颇似人首，又称“三首山”。现为国家森林公园。

登高吟

南去天涯寄卧久，
今日登临四望收。
五指山高经今古，
万泉河水走春秋。
雨润八方无穷树，
风摇千里不尽舟。
尽放直北终极目，
故园故人可知否？

上大合山

登高临远东方白，
无穷风物入襟怀。
山托彩云西北出，
海衔红浪东南来。
风动长天群雁过，
雾散古城四门开。
峰峦万重何曾远，
今日扶病上高台。

再登锥子山

锥子峰上有高台，
登临四望无尘埃。
一脉山势起东海，
三龙聚首尽西来。
天设九州日月在，
秦筑长城天地开。
高处下望何所有？
千古雄姿敞襟怀。

登首山

三首云初开，
复登烽火台。
片云送残月，
千帆犁远海。
山河千古在，
城春随时改。
又见秋风过，
北雁一声哀！

卧 牛 山

何处飞来卧牛山，
植根大地上青天。
朝发旭日红霞里，
暮遣明月沧海间。
春光春色此地出，
秋风秋雨是处传。
阅尽古今人间事，
领略气象万万千。

春日偕友抚兴登兴城西岭

最难留东君，
更远看暮春。
梨花一番尽，
桃林百重新。
山出围四碧，
水来抱孤村。
风携无名草，
殷勤牵衣襟。

山行吟图

兴来抛老病，
岂可负春风。
水险操舟渡，
山危拄杖行。
嫩柳初吐绿，
新竹始返青。
不畏曲径远，
绝顶云来迎。

咏山水气象

一场春雨一场暖，
三场春雨驱尽寒。
上下天光碧无限，
远近山色绿有边。
抱树黄鹂不住唤，
裹冰青溪尽情喧。
岭头剩有残云片，
相聚相商各自散。

龙回头远眺

振衣乘长风，
敢为万夫雄。
澄碧海如镜，
蜿蜒山若龙。
滨城冲天起，
菊岛踏浪行。
我欲鲲鹏举，
扶摇势凌空。

注：龙回头为兴城景点之一。

醉后山行

盛夏呈迷乱，
万象来眼前。
牵手高低树，
连声远近蝉。
轻风慰醉面，
小溪上衣衫。

呼唤在哪边？
林密人不见。

月山早行

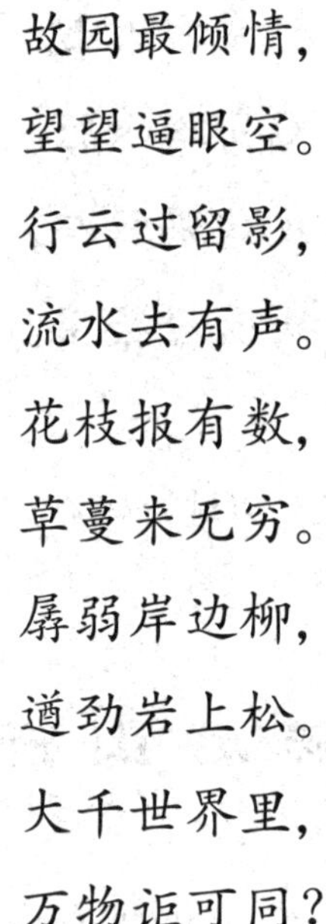
故园最倾情，
望望逼眼空。
行云过留影，
流水去有声。
花枝报有数，
草蔓来无穷。
孱弱岸边柳，
遒劲岩上松。
大千世界里，
万物讵可同？

山行道中

入秋何所有？
满野高粱熟。

一山虽独秀，
两水更媚妩。
抬眸雁飞尽，
俯身鱼去无。
农家进忙月，
童叟事垄亩。

早望首山

开窗望三首，
三首半入眸。
雨粘留滞久，
云低来有由。
昂头皆劲柏，
折腰多柔柳。
入夏阴天稠，
晴和总难求。

山中幽居

翠微清凉谷，
幽居白云出。
花前一壶酒，
雨后千卷书。
兴来风吟啸，
愁起水咽流。
我心终有寄，
此身更何求？

登高远望

入夏日日拄杖游，
登高临远自忘忧。
云锁首山难渡鸟，
雾罩东海不扬舟。
桃源欲去知何处？
蓬莱思往可有路。
孤云野鹤总难留，
嗟余吾辈人间住。

重游白狼山

古有白朗僧，
今秋白狼山。
举目艳阳近，
俯瞰沧海宽。
溪流辟深谷，
松声撼长天。
寻且曾游处，
高枕白云眠。

注：白狼山位于建昌城东，主峰高 1140.2 米。东汉末年，曹操为消灭北方乌桓势力和袁氏残余势力在此进行过一场战争，史称“白狼山之战”。

白狼山上

山间瑟瑟青松林，
山顶聚聚白云屯。
一眼看尽辽西景，
晚风送我云不允。

初秋登五顶山远眺

故国山河丽，
五顶复登临。
扑面白狼近，
拥怀碧海亲。
古城霞初起，
碣石宫早沉。
南天横雁阵，
高处最先闻。

游建昌大峡谷遇雨

峡谷何处寻？
导航指迷津。
云拥群山险，
水绕众壑深。
雷经摇涧底，
风过撼地心。
泛舟若有遇，
必是武陵人。

再登白狼山

昨夜频入梦，
今晨始攀登。
携春风浩浩，
送暖日融融。
积雪去无影，
松涛来有声。
欲尽白狼景，
须上峰上峰。

九月九日登首山有述

首山何雄哉？
高标插天外。
一雁敢冲天，
孤帆竞蹈海。
辽水从西至，
长城自东来。
风云正萦怀，
长啸万里开。

海　思

天入海漫漫，
海映天蓝蓝。
朝托红日出，
晚送明月还。
裹电云片片，
携浪帆点点。
无际亦无岸，
无极且无边。

海边情思

三秋行人断，
霜重菊花残。
啾啾天有雁，
寂寂海无言。
山惜楼阁冷，
柳叹秃枝寒。
马达声渐近，
菊岛晚归船。

咏 海

近岸海水浅，
沿线嵌冰边。
岸远海水阔，
无风起波澜。
我道人情感，
有深也有浅。
浅者比冰薄，
深者渺无岸。
但愿世人心，
忠义永不变。
海枯心不枯，
石烂情未烂。

栈道远眺

曲径近十里，
栈道半空系。
冬闲人行密，
春来鸟声稀。

雨遣树滴翠，
风嘱海利辞。
最美中秋夜，
新月正吐时。

注：兴海栈道是兴城海滨重要景点之一，总长1670米，公园占地面积约35公顷，北起龙回头景区，南至兴城比基尼广场。

晚游兴海栈道

我来海初退，
栈道欣然请。
菊岛新月白，
古城夕阳红。
风起船归港，
雾漫山隐踪。
却寻来时路，
首山遥相迎。

登八一疗养院望海楼遇雨

（其一）

浓云挟长风，
大潮裹雷霆。
轰鸣如山裂，
倒泻若天倾。
千里拉雨幕，
万物入迷蒙。
海燕冲天起，
舍其谁为雄。

（其二）

云去天放晴，
潮落海复清。
蓝天山河共，
白日古今同。
鸥鸟穿风过，
帆橹破浪行。
我愿长如此，
永年浪波平。

晨起上八一疗养院东楼

白云叩三首，
初日醒北窗。
湿衣拥碧海，
扑面抱白狼。
惜时感四季，
怀远揽八方。
古今成过往，
登高一怅望。

注：“三首”，指古代兴城八景之一——首山“三首云冠”。“白狼”，指建昌白狼山。

早发滨海公路

数片乌云吞日边，
一番急雨洒海天。
坐拥高杨绿可染，
卧因浊酒醉堪眠。
沉雷性起青嶂远，

轻鸥情随白云闲。
农家忙月无惰懒，
三三两两弄夏田。

过卧牛山

春秋寒暑谁做主，
云笼卧牛不自由。
风翻沧海阻舟橹，
雨催高速滞车流。
杨柳榆槐寻无处，
镇城村屯去谁留？
忽忆故人天涯路，
今夜应到海之头。

注：卧牛山，又名老牛山，为燕山余脉，在辽宁绥中县境内。

海滨晚望

秋风总相从，
黄菊时送迎。
客船港中宿，
旅雁云上行。
远山暮霭起，
邻村炊烟升。
且向岭上去，
相约不老松。

晚过滨海公路

海内老城少，
辽西新区多。
山行穿云过，
水流对风说。
楼厦抵天近，
道路入云波。
向晚万家乐，
可有建设者？

栈道晚作

迎风上栈道，
凭海意气高。
夕阳满海照，
栖云孤岛绕。
浪里几去棹，
空中数归鸟。
不问生涯事，
于此一投钓。

晚登观海楼有作

晚日欲相挽，
海上宜流连。
潮来似侵岸，
鸟飞直冲天。
执手咫尺岛，
伤目云际船。
蓬莱有多远？
平海夕漫漫。

海畔情思

重回大地春，
独立渤海滨。
白鸥戏船首，
碧浪上衣襟。

临　海

菊岛一步过，
蓬莱隔烟波。
是海识进退，
成潮知起落。
高岸人成各，
大港船尽歇。
拾得还家路，
晚日起相接。

临海远眺有怀

百尺楼高看世界，
独立苍茫忧思多。
登山始知山高远，
临海方觉海宽阔。
万古经天唯日月，
四时行地是江河。
今日到此倍寂寞，
明年再来可有我？

晚登三礁揽胜亭有作

复登揽胜亭，
海天一望中。
舟从邻岛来，
云自远山生。
白鸥捉风影，
紫燕衔浪声。
晚霞不忍去，
徘徊与君同。

观海有怀

向晚意飞举，
危楼一登临。
潮退沙洲侵，
海缩长岛近。
归舟挽轻浪，
白鸥戏微云。
三五岸上客，
持竿钓星辰。

绥中港晚眺

山随云去轻，
港收帆来重。
淡烟逐海动，
轻鸥衔风行。
微阳递晚照，
鸿雁送秋声。
遥望云起处，
应是瑞州城。

登兴海栈道早望

扶岸登栈道，
菊岛半步遥。
数鸥穿晨雨，
片帆逐大潮。
众山奔地敞，
孤雁上云高。
别有钓鲸客，
天海一叶飘。

六 股 河

春桃远去飘不知，
秋菊近来开已迟。
我愿见君君见我，
六股河畔两依依。

桥　上

桥头立日暮，
尽情放双眸。
风歇水静走，
云隐山见秀。
村寂鸟栖树，
月孤人倚楼。
不觉衣沾露，
中宵久淹留。

南　河　柳

婀娜南河柳，
对岸遥招手。
风梳金穗舞，
雨裹翠丝柔。
黄莺不住啼，
碧水无尽流。
一任垂钓者，
云里下金钩。

绥中九江河抒情

日暖适游兴，
风柔宜出行。
邀云山诚请，
约雨河倾情。
树密鸟匿影，
水深鱼潜形。
春催土膏动，
时闻布谷声。

游绥中六股河入海口

千回复百折，
且行且高歌。
朝发西山云，
暮投东海波。
千里缀村落，
两岸拥稻禾。
不舍日和夜，
人间有大我。

向晚岸行

先邀傍山走，
后请沿河行。
草盛浸水绿，
林茂递风清。
人车争路广，
稻谷拼田平。
白鹳东海客，
独来钓月明。

三亚湾即景

寂寂三亚湾，
节日几留宾。
泳人战浪阵，
轻车系棕林。
群楼贴星近，
数峰插海深。
日暮风乍紧，
乌云又作屯。

短笛横吹·怀古惜今

忆　史

五岳风云自舒卷，
四海烟波任浮沉。
百年沧桑谁共论？
万里江山今同春。

读　史

帝王尽说神仙好，
世人都攀富贵高。
从来长生蓬莱岛，
自古功名长安桥。
姜公钓主鬓发老，
秦皇寻仙海水遥。
天回地转兴废事，
沧浪一曲付渔樵。

读史偶得

悲秋宋玉鬓斑斑，
谪远贾生泪涟涟。
自古贤达多余恨，
空有青史一声叹。

登赤壁山

又听渔人唱沧浪，
云回水往共苍茫。
且看大江东流去，
赤壁山前忆周郎！

马嵬坡怀古

（一）

只知画楼舞霓裳，
不闻鼙鼓动渔阳。

歌罢曲散干戈起，
谁怜垂泪唐明皇？

（二）

三尺白绫终倾国，
一抔黄土葬香魂。
马嵬坡前杨妃去，
可怜天子枉动心。

（三）

力开盛唐毁盛唐，
安史之乱致国殇。
满朝衣冠皆言反，
不曾半句动君王。

（四）

前尘相遇谁能知？
此生重逢更无期。
今日与君同醉月，
百年开杯有几时？

武 侯 祠

自是经天纬地才，
壮志未酬究可哀。
茅庐三顾风云会，
隆中一对蜀门开。
五伐中原旌旗奋，
六出祁山战马来。
武侯祠下长江水，
日夜东流奔东海。

赤壁山怀古

云拥浪涌故垒长，
上下山光接水光。
三分天下千里国，
半壁江山百战场。
惊天烈焰败曹相，
动地鼙鼓胜周郎。
四野拉开风云障，
空余万物入莽苍。

白帝城

白帝高城入，
夔门秋月出。
星移生昏晓，
斗转成今古。
江阔划南北，
山高控巴蜀。
好迎三峡曙，
风波一舟孤。

咏辛弃疾

诗成天下谁比肩？
剑啸河山气冲天。
英雄独步耸今古，
千古风流一稼轩。

读白居易诗

一首原上草，
顾况动情深。
诗成千气象，
惊闻玉石音。
京华为之易，
天下何足论？
犹忆驿古道，
依依送王孙。

燕昭王

尽收天下才，
遂起黄金台。
昭王一策出，
燕北五郡开。
积弱一夜破，
兴盛逐春来。
山河千古在，
几人知兴衰？

太子丹

惜哉败刺秦，
荆轲不顾身。
雷霆祖龙怒，
仓皇太子奔。
凄凉首山麓，
流离衍水滨。
千载人已去，
遗恨古到今。

霸王冢四首

（一）

一骑纵横三千里，
一剑曾扫百万兵。
若听半句项庄语，
何来四面楚歌声？

（二）

坐拥江山转头空，
鸿门宴上逃沛公。
八千子弟兵皆散，
穷途无颜过江东。

（三）

力拔山兮气如虹，
垓下一战决雌雄。
十面埋伏风雨夜，
虞姬泣尽一曲终。

（四）

百年犹念陵艄公，
千载尚存乌江亭。
一江不尽英雄泪，
留与后人泣秋风。

贾谊宅

济世安国贾生才，
长沙谪去事可哀。
晓云始出旧山岭，
春风初拂新楼台。
楚天无语论今古，
湘水有情日月怀。
千秋遗迹今犹在，
雨夜念君久徘徊。

咏毛文龙

惜哉毛文龙，
擅杀罪袁公。
独立镇关外，
一剑锁辽东。
神州竞沦沉，
清骑任纵横。
但此青蝇点，
白壁何冤情？

过张勇墓

三冬白雪早化尘，
一抔黄土掩青春。
春风时扶病树在，
秋雨尚怜旧碑存。
沙暴来时吞白日，
草浪起处没黄昏。
克鲁伦河流不尽，
尤遣波声道问询。

咏纳兰

本是世间富贵身，
怜君何事倍伤神。
恋人一别犹沙沉，
爱妻情重海非深。
江南才女难再遇，
塞北佳人岂可寻？
比翼连枝终无计，
朱颜泪尽谢红尘。

三百年来无穷事，
就中痴情莫过君。

仓央嘉措

西藏布宫最大王，
拉萨街头美情郎。
善念广施天地阔，
佛心普照日月长。
今生邂逅费思量，
来世重逢何所望？
青海湖时断魂处，
秋风瑟瑟水茫茫。

登黄鹤楼兼怀太白

男儿仗剑始出蜀，
寻仙登临黄鹤楼。
游罢无语忽抬眸，
谁人题诗在上头？

黄鹤高飞千载后，
大江东去万代流。
春风无穷汉阳树，
烟波何处鹦鹉洲？
我来词客留句处，
残碑断壁几回眸。

端午吊屈原

端午不出门，
读史日更新。
苍梧恨谁论，
湘水怨何深？
屈子同日月，
楚王共沙沉。
且看千载后，
吊君必有人。

端午节登楼远眺

离骚三读迎端午，
雄鸡一唱接日头。
苍梧当挽紫金手，
辽水宜携湘江流。
楚王台榭当时在，
屈子风节终古留。
人生只需樽前误，
且饮美酒登高楼。

又吊屈原

家国终生恋，
郢都梦里还。
烈女宁玉碎，
男儿拒瓦全。
悲倾三湘水，
恨铸九嶷山。
遥望汨罗岸，
泪洒青竹斑。

登古城远眺兼怀旧友

正午天开放，
振足上高台。
驿馆依依柳，
古庙森森柏。
二水投海碧，
三峰入云白。
旧友几人在？
临风泪盈怀。

注：古城指宁远古城，位于辽宁省兴城市。始建于明朝，距今590年，为全国文物保护单位。

古城晓

听钟感岁除，
闻鸡报晓筹。
孤月倦山下，
群星隐城头。
丹霞出海曙，

晨风吹山秀。
春来归何处？
已绿门前柳。

古城晨曲

触手烽火台，
举步古城楼。
路出青山外，
舟行沧海头。
春先到杨柳，
雨迟入田畴。
自飞又自主，
飘飘一白鸥。

中秋夜登钟鼓楼

恰逢中秋夜，
登临四望收。
旗卷督师府，

灯簇钟鼓楼。
街街车流紧，
路路人行稠。
风送礼花放，
满城挂星斗。

过山海关

动车须臾万里间，
朝发汉口暮雄关。
杳杳天低雁行处，
一抹余霞是家山。

又登长城

天设山河秦筑城，
一脉万里势纵横。
秦皇挥剑边庭净，
汉武操戈域外清。
垛口号角催早日，

戍楼旌旗掩重城。
千载仍舞风云动，
腾空看取中华龙。

登卧牛山长城

天意佑炎黄，
长城护国邦。
西截寒山雪，
东吞沧海浪。
神州山河丽，
华夏日月长。
日落卧牛岭，
探古一沾裳。

游明性寺

名山向来有仙居，
圣地不适凡人栖。
片片清云难遮日，

丝丝细雨未沾衣。
明性寺里听燕语，
莲花峰上闻莺啼。
向晚辛劳先告退，
吾辈恣游忘归期。

登瑞州北楼

登尽楼上楼，
望断天外天。
入云三山险，
去海六水寒。
长城横西东，
高速贯北南。
夕阳逗留处，
应是第一关！

注：瑞州，绥中县古称。金属北京路瑞州（州治所在今前卫镇）瑞安县。元初属辽阳行省北京路瑞州，后改属大宁路瑞州。

春登山海关城楼

春回万象新，
雄关一登临。
凭高风满袖，
怀古泪盈巾。
荡胸渤海浪，
入眼燕山云。
秦皇应安在，
蓬莱遥寄身。

秋日登岘山怀古

青史早识君，
今日得登临。
老树枝连石，
古碑草接云。
朝阳常不访，
暮雨偶相问。
凄凄秋风晚，
怀古一沾襟。

登角山长城

立夏气象变万千，
已去春风不再管。
尘暗难留方寸地，
云密怎寻咫尺天？
柳枝条条强遮眼，
杨花簇簇乱扑面。
破午轻雷一声叹，
重重雨幕下燕山。

再登小河口长城

一生看不够，
十临小河口。
众山亲如初，
长城情依旧。
一身挑日月，
万里度春秋。
东西划寒暑，
南北分燕幽。

秦皇可在否？
蓬莱海上游。

注：小河口长城坐落在辽宁省绥中县西沟村，至今保持原貌。它始建于明洪武十四年（公元 1381 年），是辽宁境内明长城主干线，总长 8.9 千米。

谒栖霞山双寺庙

飞霞上绝顶，
石径通九重。
拭汗撕云白，
歇脚铺山青。
松风凉双寺，
暮雨寒一僧。
今宿投何处？
落日千万峰。

秋日独宿岳阳城忆故乡

从来刻心上，
夜梦回故乡。
岳山眺望久，
清河思念长。
稻谷压田垄，
杨柳掩村庄。
醒罢披衣起，
明月正满窗。

登黄鹤楼

崔颢题诗后，
天下有名楼。
日暮临古渡，
风雨下孤舟。
蛇山百代有，
黄鹤千载无。
云从苍梧入，
江自洞庭出。

山海关晓望

晚风无奈去，
微雪匆匆来。
有水皆消瘦，
无山不头白。
城冷雄关闭，
车拥高速开。
直向老龙头，
拾起一片海。

再登瑞州城楼

风烟望无限，
瑞州落其间。
河出青山畔，
城起碧海边。
秋鸿几南返，
春风数北还。
秋阳斜照里，
凭楼一声叹。

首山烽火台

春风不相负，
振衣上高台。
浪平沧海广，
云破青天开。
日出群山出，
春来众水来。
山河足画卷，
观尽莫徘徊。

登首山烽火台

春邀正入怀，
晨请欣登台。
云涌山河窄，
日出天地开。
古城扼要塞，
碣石镇沧海。
蓬莱红尘外，
秦皇似走来。

又登首山烽火台

乘风又上烽火台，
天高地迥一望开。
万里阴晴看白日，
千层波涌出碧海。
朔风霜发人已老，
冷雨黄菊雁愁来。
巍巍江山千古立，
秦皇汉武安在哉？

雨后登首山烽火台早望

入夏首山游，
风烟四望收。
蔚蓝天高远，
碧澈海深幽。
西来千峰秀，
南起万座楼。
雨后河水涨，
夹岸任情流。

登首山烽火台早望

高台云懒动，
三首路自萦。
地阔楼群布，
海宽舟数横。
高速贯南北，
长城走西东。
已登最高处，
聊以慰平生。

偕友登首山烽火台

上古谁人筑高台，
我辈登临曙光开。
众水苍茫向东去，
群山巍峨自西来。
袁公古城森森柏，
秦皇碣石滔滔海。
无限愁思和雾起，
且借长风暂遣怀。

登兴城钟鼓楼二首

（其一）

漫卷旗蔽空，
震荡炮声隆。
野战清兵勇，
倚城明军雄。
祖氏生前耻，
袁公死后荣。
探寻百年事，
桥下问钓翁。

（其二）

首山凌云出，
兴河向海行。
重城镇蓟北，
骁将定辽东。
文庙古松柏，
鼓楼新旗旌。
凭此一洒泪，
怅望怀袁公。

晨游古城有望

晨起古城游，
偏宜上鼓楼。
鸡鸣山月隐，
潮涌海日羞。
北岭翠屏秀，
南河碧玉流。
中天片云走，
闲情总悠悠。

庐山极顶感怀

凭栏千里一望收，
只缘身在最高楼。
水依长江结对去，
山从昆仑成群出。
万里雪域铺天路，
九点烟霞浮齐州。
刘郎不是悲秋客，
目送飞鸿天际无。

谒朝阳宫

蜿蜒通幽径，
空谷藏深宫。
依山望云起，
傍海俯潮生。
访客纷纷至，
香火袅袅升。
登临眼界阔，
不问天几重。

注：兴城首山西北麓，有一座历史悠久的道观——朝阳宫，掩映在奇松怪石丛中，有诸多有关朝阳宫的民间传说流传至今。

茶棚庵遇雨

脚底数声雷，
巧遇雨淋漓。
阵阵凉风紧，
层层彤云密。

路槐疏有鸟，
野水浑无鱼。
北望电闪处，
不向首山移。

注：兴城首山脚下，有一座茶棚庵，原名永宁寺，后来由两个尼姑主持，改名为茶棚庵。传说乾隆祭祖途经此地，曾在此饮茶，并题匾书“首山胜境”。

复登古城

久旱喜雨后，
咫尺古城游。
鼎鼎祖氏坊，
巍巍钟鼓楼。
熙熙尽行客，
嘈嘈多店头。
叩问督师府，
袁公可在否？

短笛横吹·八方游踪

祁连山下

绝域阳光道，
黄沙催人老。
去年春绕过，
今年雁不到。

上松花江北楼

问君何处解乡愁，
晚日独登楼上楼。
时有闲云送春雨，
偶见细浪抚轻舟。
红花嫣然松江岸，
黄莺婉啭柳枝头。
风起却寻来时路，
此中离恨最难收。

巫峡口·巫峡石

势如雪崩下，
声过雷霆吼。
君意来上古，
我心砥中流。

老龙头远眺

一脉正昂首，
凛凛老龙头。
海铺千顷浪，
天开万里眸。
风云脚下起，
日月肩上浮。
欲寻方外去，
临风意踌躇。

注：老龙头位于山海关城南，是明长城的东部入海处，也是万里长城唯一集山、海、关、城于一体的海陆军事防御体系。现为国家5A级景区。

初登千山

向晚登千山，
禅寺耸危岩。
高速飞南北，
村城列两端。
楼头明月挂，
窗棂星斗悬。
重峦隐云障，
溪流入雾帘。
时闻归雁叫，
声声划夜天。

黄洋界

是处有山皆北去，
此间无水不东回。
三湾竹林动叠翠，
五哨云海卷阵雷。
八面松涛鼓角起，
万朵红霞旌旗飞。

黄洋界上凉风起，
斜阳送我下翠微。

旅夜抒怀

独宿无人问，
空床与谁邻？
日暖雪远遁，
风呼树欲春。
星月垂天近，
鞭炮驱年临。
故园知何处？
羁旅夜梦频。

游

春风春雨携手到，
半年寒苦一时消。
新桃院里嫣然笑，
嫩柳溪边舞娜腰。

飞去花间蝶影乱，
旋回岸上燕声高。
谁邀共步接云道，
情侣依依卧虹桥。

新江阳客馆远眺

登临宜远眺，
瑞州天破晓。
高速连幽燕，
广厦耸云霄。
远山衔雷雨，
近水泛波涛。
中天横雁阵，
携春数声高。

过韶山

韶峰孤入白云冷，
浏阳独流湘水寒。

英雄远去豪华尽，
神州寂寞五百年。

京沈高铁早望

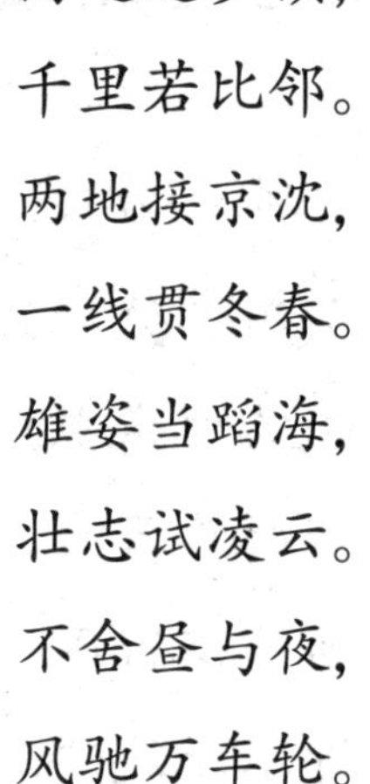

高速连乡镇，
千里若比邻。
两地接京沈，
一线贯冬春。
雄姿当蹈海，
壮志试凌云。
不舍昼与夜，
风驰万车轮。

去辽沈途中

辽河昨夜入梦频，
独自单车出东门。
日上三竿化积雪，
风送千缕柳摇春。

旧山常忆去夏暖，
新河续诉今冬恨。
正午高速存雨水，
一片阳光万点金。

过哈尔滨

大雪潜夜下，
出门空气凝。
天地存一色，
万类混相同。
遥看山有影，
近闻水无声。
衣贴识寒树，
身临知冰城。
似梦非是梦，
琼国空蒙蒙。

出蜀后三首

（一）

出蜀路渐平，
天高日放晴。
穿山高速道，
跨水大桥横。
云拥秦关险，
雨入沧海青。
归心恰似箭，
前方雨蒙蒙。

（二）

思乡意无穷，
孤鸿恨当空。
家国频入梦，
故山总牵情。
渤海浮菊岛，
首山掩古城。
异乡未温酒，
难敌泪飘零。

（三）

近乡已怕行，
不敢问归程。
满地稻香溢，
遍野高粱红。
彩旗风猎猎，
汽笛叫声声。
黄菊解我意，
随人车下迎。

游闾山

入冬行人断，
寂寥闾山闲。
泉歇畏风冷，
草低怯霜寒。
翠柏犹挺拔，
青岩更弥坚。
何处无名鸟？
惊客一声喧。

飞机上

舷窗正宜上方看，
不尽苍穹眼界宽。
华岳云起长遮日，
洞庭风涌水吞天。
春回大地绿无限，
雨洒人间润有边。
高铁高速十万里，
休道九州行路难。

下三峡

一入白帝生远愁，
雾锁夔门江不流。
日暖风轻水犹碧，
林茂花红山更幽。
数行归雁横晚翠，
几番寒雨洗中秋。
明朝复作孤舟别，
且凭诗句是为酬。

橘子洲头情思

风举湘江孤帆远，
云遮岳麓一鸥迟。
橘子洲头伟人赋，
爱晚亭前英雄诗！

夜宿太湖

环岸十万家，
尽拥一湖水。
群星横波目，
孤月吐峨眉。
行云迟迟过，
鸣鸟款款飞。
远看游艇至，
犁开雪千堆。

宿五云山庄

清晨听婉转，
鸟醒在人先。
开窗眺高远，
举步踏清寒。
身寄绿水岸，
心系白云边。
时有清风至，
飘飘直欲仙。

泰　　山

天门上九霄，
天街俯八极。
雁横南峰月，
帆浮东海隅。
眠枕泰山石，
渴饮黄河渠。
向晚宿此地，
昨与星月期。

望 江 亭

观光车上雨淅淅，
望江亭前鸟唧唧。
隔岸绿柳低复举，
过岭白云来还去。
童子群钓一川水，
老牛独耕十亩犁。
春色恼人归不得，
暮看桃花拂行衣。
断鸿声里秋意折，
菊花枝头晓寒多。
河岸迟迟独行人，
人间匆匆一过客。

登华山落雁峰

五岳高为落雁峰，
登临更觉天地清。
聚来万物同兴灭，
去从千载共落生。

四山朝拜无穷意，
两水东流不尽声。
风起观台云未动，
且看东方舞苍龙。

去沈途中所见

夜深人易倦，
路窄车行难。
灯远连一片，
树近列两边。
山色梦幻里，
河流朦胧间。
新添丝丝雨，
咫尺见不堪。

宿卢龙

卢龙宿秋晚，
寂寞无所欢。

闻雁动归念，
看菊觉身寒。
风潜遥夜后，
雨生近晓前。
醒罢谁探看，
弯月入纱帘。

咏长江

源自巴颜喀拉山，
雪域冰川呈无限。
在山涌泉细涓涓，
出山河水涨微澜。
天上若落千尺雨，
地上便成千条溪。
千尺雨来千年溪，
八方四面汇一起。
汇成三江奔流势，
相约共向东海去。
天下之水归一江，
一江即是长江长。

大风卷起浩荡荡，
骤雨催动奔茫茫。
兴致高时自吟唱，
身披彩霞拥朝阳。
性情变时拍天浪，
大潮直欲吞三湘。
最多天开好气象，
一碧万顷满霞光。
送尽帆橹南北往，
捧出鱼虾日夜忙。
润泽城乡情荡漾，
丹心催送稻花香。
走出三峡十二峰，
一泻千里步不停。
无穷舟楫扬帆起，
不尽江水永朝东。
神女无恙初梦醒，
高峡平湖入眼明。
喜泪和雨潇潇下，
擎天大坝起云中。
辛苦暂歇洞庭湖，
向晚还望岳麓秋。

君心总绕黄鹤楼，
君梦常牵鹦鹉洲。
大江东去走千古，
须臾不停汇万流。
几曾挥笔改史书，
几曾挺身主沉浮。
云来云去竞自由，
潮起潮落无尽头。
送罢明月西山后，
再迎旭日海上初。

江 南 吟

云移出锦绣，
山转入画轴。
溪水过帆橹，
道路拥车流。
村村起别墅，
家家种橘柚。
时时见白鹭，
随风上下啾。

重游三峡

晨登波上舟，
夜宿峡中村。
归鸿去天远，
落叶入秋深。
屋寒灯犹暗，
床冷被未温。
独眠谁为伴？
皎皎孤月轮。

在海岛

一岛在天涯，
四季尽芳华。
天遥少帆影，
岸高几人家。
犁海收鱼蟹，
耕山种桑麻。
古寺藏林茂，
盘路绕云崖。

向晚下此港，
归舟属流霞。

过赵尚志故居二首

（一）

匹夫当怀国，
国难岂顾身？
胜败讵谁问，
生死宁需论。
白山思无限，
黑水恨何深。
我来英雄居，
凭吊一沾巾。

（二）

丈夫去四海，
英雄亦有村。
一水去海远，
两山入云深。

平居忧华夏，
大志扶乾坤。
何时君归日，
故园赋招魂。

车过锦州

殷殷十年望，
锦城到身旁。
凌水渔舟放，
紫荆白云藏。
楼宇抵天近，
道路去海长。
大邑千气象，
只是非吾乡。

宿双溪山庄念故乡久旱无雨

晨起撞重雾，
犹似混沌初。

西岭寻不见，
东海去何处？
开窗听鸟叫，
出门看云浮。
忽念千里外，
故乡雨有无？

纪　行

巴蜀催白发，
潇湘凋朱颜。
重云华山险，
浩波洞庭宽。
身逐车南返，
心随雁北还。
遥寄思乡泪，
一洒渤海湾。

宿武汉宾馆

夜雨风喝停，
寒江不尽声。
听雁归念动，
抱月愁思涌。
家国横层岭，
故人隔重城。
梦回渤海岸，
醒罢意难平。

秋日去沈阳

单车问高速，
试碾秋月孤。
鸡鸣众山曙，
犬吠数村出。
白云偶聚散，
鸿雁时有无。
放眼景入画，
扑面千楼图。

晚宿东山岛观日峰

告归拾闲日，
高卧东山危。
白鸥因风起，
碧浪见岸回。
暮雨向岛寄，
渔舟朝港归。
天地微茫里，
独夜敞心扉。

晚宿海口白云山庄

归思上云高，
故园入梦遥。
海阔思怀抱，
山重欲肩挑。
长风送暮雨，
渔舟赶早潮。
醒罢独坐久，
明月行渐消。

风雨亭

独倚画亭晚，
多景奔眼前。
斜日生风暖，
残云送雨寒。
水乱鱼竞逐，
树摇鸟争喧。
且莫动归念，
东来月相牵。

登泰山绝顶

众山如龙盘，
一峰只独看。
登高日月近，
望远天地宽。
攀石知极险，
入云感彻寒。
绝顶举双眼，
飘飘势若仙。

登雁落山

大雁南北返，
入夜此流连。
灯悬群星灿，
梦逐银河宽。
绝顶适驿站，
云上宜堪眠。
醒罢弄归月，
一鸣再冲天。

上紫荆山

三穷紫荆峰，
故国又秋风。
步云曲径送，
扶栏天梯迎。
下视众山小，
平临数雁鸣。
吾生志极顶，
高标上不停。

宿燕山宾馆

沉月声一叹，
初日上三竿。
轻风娓娓入，
薄雾懒懒还。
长城奔眼底，
沧海来襟前。
雄关凛凛在，
千古呃幽燕。

登 庐 山

一山飞来势凌空，
十日兴游最倾情。
绿树牵衣作前导，
白云携手结同行。
松风万里雷霆起，
瀑布千丈金石声。
重岭迢递皆足下，
绝顶还需攀无穷。

去沈途中遇雨

春去夏相从，
京沈高速行。
千河惊电闪，
万山卷雷鸣。
云为黑龙势，
雨作银河倾。
世界迷茫里，
嘈杂不尽声。

宿青衣江

凄遑别处村，
孤独异乡人。
大江去海远，
危峰入云深。
疏雨涧底落，
松风高处吟。
日色渐西沉，
雁声碎客心。

登长白山兼怀杨靖宇将军

绝顶无纤尘，
独立长白春。
山高明月近，
云重天池深。
风传抗联事，
林忆杨将军。
英雄灵归日，
此处赋招魂。

登老龙头最高处

独上最高处，
全景尽入眸。
天边收去日，
云际放归舟。
大潮凌空来，
新城横地出。
晚日偏照我，
且对首山孤。

江畔吟

老来何所欢？
独行客江干。
树动风起岸，
船摇波兴湾。
鸟鸣桥边柳，
人钓水中天。
见此动归念，
高卧未应晚。

浑河泛舟

沈城何处游？
佳境在北头。
白云聚复散，
碧波别将流。
高楼岸上走，
长洲水中柔。
多情双燕子，
争先拂客舟。

车过盘锦雨中即景

气象忽清肃，
故国入秋初。
风同雨互助，
杨共柳相扶。
黑云向东注，
白日从西出。
问君意何如？
喜无忧亦无。

雨中游大鹿岛

长绳竞谁抛，
系得大鹿岛。
渔村侵海岸，
碧峰入云表。
白鸥剪微雨，
客舟逐早潮。
直欲此中去，
高卧人不老。

鸭绿江岸远眺

绿风起山隈，
初日照楼台。
开窗大江满，
推门澄雾开。
依岸客舟泊，
伏波断桥在。
任意数鸥鸟，
两国自往来。

秋登泰山

我言东岳是家山，
可称天下第一观。
气吞黄河万顷浪，
势掩齐州九点烟。
鸿雁列阵去天远，
青山成群奔眼前。
日暮寻路已难辨，
一片飘摇下高寒。

出蜀

昨夜梦在吴，
今晨人离蜀。
月满高峡曙，
潮涌洞庭秋。
山退隐身后，
城迎出船头。
谁念心所属，
绮霞余成都。

过汨罗

屈子自投此水浔，
浩荡汨罗怨何深。
千古悲风空余恨，
万谏不移楚王心。

短笛横吹·人生感悟

东 风 破

谁裁薄雾做纱衣，
好著远山与近水。
只待东风吹一讯，
万紫千红纷沓回。

秋日登母校锦师专楼

神牵梦绕得重游，
四十年后登此楼。
墙边柳老自含恨，
院内花残每生愁。
巍巍紫荆追云走，
浩浩凌河入海流。
今日凭栏终极目，
白云秋雁两悠悠。

无题四首

(一)

挂树无根任飘摇，
玉兔有泪洒寒霄。
月宫凄冷嫦娥怨，
星移斗转长寂寥。

(二)

一年一度泪纷飞，
织女鹊桥不忍归。
可叹王母心肠狠，
遣道银河两伤悲。

(三)

不耕垄亩不桑麻，
朝饮玉露晚餐霞。
吴刚何事转凄苦？
满眼萧瑟望天涯。

（四）

云白山青海深蓝，
柳绿花红百鸟喧。
最是人间十月好，
金谷飘香万顷田。

偶　思

好风都归桃花源，
喜雨尽去碧水湾。
唯有青青无名草，
殷勤铺遍天地间。

野　游　图

早春拾野趣，
踏青最相宜。
风吻岸边柳，
雨润芳草地。

蜂行口含蜜，
燕归嘴衔泥。
晓鸡浑相识，
村头一声啼。

闲　吟

天意高有因，
人心深无由。
但看世间事，
纷争无尽头。

有思三首

（一）

黯然销魂者，
唯别而已矣。
江郎才尽日，
吟罢久搁笔。

（二）

行行复长揖，
凄凄伤远离。
别后空一水，
重逢何所期。

（三）

四时几百日，
八荒数万里。
此别再难遇，
苍茫杳无迹。

偶 得

霞裹高速出，
春来长河醒。
帆没近海碧，
云去远山青。

小　池

楼前一清池，
荡漾着春意。
喷泉吐琼浆，
荷花溢香气。
微风波碎碎，
细雨燕低低。
移步惊彩蝶，
投食诱锦鲤。
人语画亭美，
鸟啼垂柳碧。
闲坐芳草地，
任它日偏西。

东　风　吟

寂寥深冬末，
乍暖属春初。
田园东风紧，
天宇微云疏。

古城少行客，
渤海断舟途。
昨夜半河水，
今晨流不出。

阳光赞

满轮光热无私心，
大爱不会藏半分。
万里河山润泽遍，
不曾孤照一家亲。

岁末出城

残冬未出城，
春节已进门。
云白年显老，
日暖岁更新。
林高过风阵，
草低宿雀群。

芳菲欲开处，
只恐春不允。

无　题

无欲山峰少荣辱，
有情芳草多烦忧。
芸芸众生何寄处？
滚滚红尘不自由。

有　感

花落知春去，
霜来觉秋生。
风乱雁难驻，
云稀月易行。
山高属天界，
水广入海容。
眼空无穷尽，
万物古今同。

干休所

青山横北侧，
碧水从南过。
红楼七八栋，
绿树百十棵。
车少偶来去，
巷幽自曲折。
沧老卧有处，
任它岁蹉跎。

偶　吟

红日出海早，
明月归山迟。
乾坤千秋史，
山河万古诗。

遥　想

春风春雨时有缘，
江南江北竟无边。
东海碧波拉近岸，
北岭白云握远天。
日贴齐鲁城村暖，
雨吻幽燕山水寒。
欲尽苍茫千里目，
遥看华夏九点烟。

偶　感

老城三千户，
新区十万家。
客舍无虚座，
餐厅人如蛙。
纵饮无冬夏，
恣游远桑麻。
醉落一弯月，
喝出满天霞。

登高有怀

昨梦社燕衔春回，
今上高处皆芳菲。
风迎千里草连碧，
雨伴万朵花满溪。
白犬黑犬庭前戏，
黄鸟蓝鸟树上语。
天勤早遣三竿日，
鸡懒迟作一声啼。

假花·真花

假花枝断尚可复，
真花香去难留住。
世间常有筑城人，
天上不见修月户。

人　生

东升红日来何地，
晚归明月去哪里？
人生若得两乘法，
十方世界任东西。

世事咏叹

地图过眼十万里，
史书在胸千百言。
春来旭日寒替暖，
天上明月缺后圆。
海上波澜起又落，
山间云霭去复还。
春风不论咸与淡，
秋雨难分苦和甜。
信步始于近及远，
读书多有忙中闲。
少年不识愁几许，
老去才知岁何年。

事穷宜去钓鱼湾，
时闲需恋桃花源。
世事无端何须看，
且行且歌且神仙。

偶　题

阳光看无私，
也有弃舍时。
半折冬有减，
尽放夏不辞。
临夜让星月，
换季送风雨。
三百六十日，
来去不可期。

偶　成

柴米油盐酱醋茶，
琴棋书画诗酒花。

人生百味如得入，
即是天下第一家。

忆　旧

忆我少年时，
家临村北头。
春犁白日落，
夜读月如钩。
伐薪危岩下，
摸鱼急湍流。
向晚捉迷藏，
攀树躲星眸。

几条流浪犬，
相遇自结伴。
雪地求生难，
桥涵寄身险。

凄惶被主弃，
零落无家还。
不忍寒冬苦，
投食一潸然。

抒　怀

行遍天下路，
读尽人间书。
凝眸秦岭月，
荡怀三峡图。
车碾珠峰雪，
帆扬洞庭西。
浪迹天之涯，
流连海之隅。

怀　旧

我忆毕业初，
记者为职业。

自家居东河，
报馆临西街。
巷深人车少，
沿路商铺缺。
常接东海日，
频送西岭月。
春赏殷勤雨，
冬亲深情雪。
适逢出报日，
楼灯明彻夜。

郊游

三分春色一分足，
一分亦可解离愁。
寒日有心随云走，
碧水无奈裹冰流。
群雀栖枝驱不散，
阵雨随风去难留。
君行风雪弥漫处，
我宿萧瑟海之头。

过锦山厂旧址

十年繁华地，
一朝付沧桑。
枯树对碎瓦，
荒草没残墙。
冷雨落凄苦，
寒水流悲怆。
经过伤陈迹，
临风倍惆怅。

有　感

河冰入冬有，
山雪近夏丢。
草木识昏晓，
虫蛇知春秋。
落雨倾别恨，
流水诉离愁。
天地生万物，
万物各自由。

梅　柳

三日苦寻春，
寻春不见春。
日暖离人近，
风柔向物亲。
红归梅花笑，
绿侵柳叶新。
汩汩山溪水，
隔夜直入晨。

独　思

劲松向天挺，
柔柳扑地垂。
非是因风雨，
直曲人难为。

登楼情思

登楼凭危栏，
景色只独看。
过眼唯蜻蜓，
入耳尽玄蝉。
天阴云密布，
山暗雾重掩。
小路人趋缓，
大道车争先。
世界微茫里，
不觉凋流年。

岁末有思

岁凋世情薄，
人老忧思多。
早梅常雪虐，
晚日总云遮。
春花愁易落，
秋竹恨堪折。

何如东山卧，
饮酒且高歌。

晚晴写意

向晚意如何？
晴好宜驱车。
直杨两笑对，
垂柳双抱和。
过桥蜻蜓送，
临水锦鲤接。
花丛数童子，
持杆捉蝴蝶。

有思

得闲独凭栏，
大野积风烟。
树有千年老，
花无四季鲜。

群山共云挽，
众水向海连。
远梦犹未觉，
不及泪痕干。

不　眠

不眠耿耿夜，
坐起思悠悠。
少见百年好，
多有千岁忧。
贫富应难料，
成败总无由。
名利竞相逐，
几人到白头。

独　行

力疲无处倚，
河桥奈扶之。

葵花白日向，
喜鹊高枝啼。
山低龙难寄，
水浅鲸不栖。
梧桐久不见，
凤凰何所依？

兴建高速途中

拾得嘉晨景，
携友始登程。
千山南北峙，
一路东西横。
村在云间挂，
车向画中行。
遥望白狼顶，
赫日正当空。

即 景

破晓万物醒，
全凭鸡一声。
远山依次出，
近水循序行。
沧海举帆影，
古城卷旗旌。
偶有雷霆过，
战鹰巡长空。

兴 游

四季谁可论，
中夏最相亲。
家山当枕眠，
野水作茶饮。
清风送凉扇，
微雨递湿巾。
斜飞双燕子，
呢喃远近闻。

重走求学路

忆我少年时，
求学异苦艰。
野径依天远，
陋校靠地偏。
长夏腹难饱，
隆冬衣犹单。
五年频往返，
殷勤日月伴。

春和园小区晚景

雨疲知趣去，
日暮尚吐辉。
玄蝉贴耳唱，
蜻蜓拂面飞。
草软鸟肆蹂，
荷圆鱼任欺。
谁家双燕子，
呢喃最高枝？

过中央商务区

两城咫尺间，
来去瞬时还。
新区足蹈海，
大路面朝天。
广厦风摇扇，
数峰云擦汗。
可笑太白居，
楼空无谪仙。

苦　热

清晨仍炙热，
中午日喷火。
无奈溪愁干，
焦虑山沉默。
何处鸡声传，
几家犬吠接。
千里流炎波，
一窗待凉月。

去市政府驻地途中

骄阳正当值，
好云总无迹。
酷热足千里，
清凉无寸地。
人躲当有处，
树藏焉可移。
轻风空三请，
汗水试浸衣。

行锥子山公路

高举若乘风，
且从云上行。
雨过千山净，
风起万壑清。
车尽石中出，
犁多壁上耕。
远望天低处，
应是瑞州城。

早过滨海机关大院

深院何所有？
榆槐松杨柳。
草色看有无，
蝉声听不休。
曲折通幽路，
高耸入云楼。
出入罕公仆，
佳晨唯老朽。

登　高

只身越叠嶂，
登高顾八荒。
残雨投浩荡，
孤雁入莽苍。
燕山上云高，
辽水去海长。
沧老空四望，
叹息一沾裳。

行

徐行踏晓日，
长啸入晚钟。
身同高山挺，
心共大海平。
过风抚绿柳，
经雨看彩虹。
远望东山岭，
邀月躬身迎。

短笛横吹·寄兴寓情

诗　人

蝶戏花间蕊，
鸟栖柳上月。
夜半客不至，
风中人如削。

送　友

十载相近实可亲，
劳燕奔波暂时分。
岭南三去云遮夏，
关东一返雨摇春。
远梦归晓数行泪，
冷雪敲窗独夜吟。
我生碌碌何须问，
日暮河边柳色新。

送　别

秋雨暮潇潇，
送君频手招。
离愁正无限，
一雁过河桥。

思　人

每生愁处又生愁，
怕登楼时还登楼。
怅望千里双眸涩，
长怀十载两心忧。
君行雁尽天涯地，
我度秋来海之头。
居人思卿卿思返，
此中离恨最难收。

盼　归

隔壁燕子千里回，
自家夫婿几时归。
手机频传云外信，
只缘归期难顺遂。

示孙儿

吾孙初生时，
尽得全家喜。
学话刚半句，
习步寸有余。
蹒跚滑轮倒，
风火车撞壁。
蹦床时高低，
倚墙竟倒立。
手弹钢琴曲，
口念英语词。
擅绘山水画，
熟背唐宋诗。

早起常费功，
晚上睡迟迟。
周末拼游戏，
一发不可止。

凌河桥上忆别

握别十年缈时空，
相望千里隔重城。
桥头便是分手处，
蓦然回首已三生。

逢处暑忆故人

处暑割气象，
凉热从此分。
云识天高远，
鸟知海幽深。
寒生迟迟水，
风起萧萧林。

故人长白去，
大雪应绕身。

过兴城城东区兼赠旧友学利

君为丹青手，
十载绘宏图。
渤海生锦浪，
菊岛镶明珠。
旧地共春曙，
新城同日出。
首山呈毓秀，
南河竞飞鸥。
花拥街巷路，
树掩小区楼。
醉我不须酒，
美景目难收。

赠旧友

当年属三同，
别后各西东。
歌吟牵旧事，
举樽话平生。
少壮凌云志，
老来沧海情。
语罢天色暮，
携手月同行。

赠振博

同窗三载最相知，
今朝重见两鬓丝。
仕途难出方寸地，
商海正遂凌云志。
新区广厦万家誉，
古城驿馆千秋诗。
文韬武略独一帜，
德才兼备万人识。

赠欲仑友

百年知己吾和汝，
小城不过郭与刘。
共行共进老弥壮，
同心同道退未休。
美酒千杯傍山饮，
好诗万首邻水讴。
来世再结为兄弟，
今生风雨同携手。

哭魏哲先生

忆我少年时，
与君新相识。
大才初试笔，
小城始展志。
陋室欣有聚，
薄酒乐不辞。
今忆当年事，
雨泪任由之。

赠友树槐

别后已十春，
昨夜频梦君。
山眺寻行迹，
水咽叹苦辛。
故园聚时短，
他乡去日深。
犹记临歧路，
挥手泪盈巾。

赠治军

夜雨谁喝停，
好日抱东峰。
斗酒醉沧海，
高谈动古城。
过往人与鬼，
来去雨兼风。
忽忆当年事，
不觉泪飘零。

早行所见

夏日气象迥，
山城乱纷纷。
大街车流紧，
早市声入云。
夜场多年少，
晨练尽老人。
需知红尘里，
万物日日新。

早行即景

气象循天时，
好雨尽人意。
山隐云缠绵，
水动鱼相戏。
蜂酿林花蜜，
燕和草香泥。
桃李本无辜，
蜂欺蝶也欺。

晨起即景

倚窗即愁成，
秋色尽飘零。
严霜锁深院，
碎叶侵闲亭。
微阳寒塘看，
凄风老树听。
谁家一老翁？
独坐亦独行。

东山晚意四首

（一）

千里为客一身病，
十载读书两鬓白。
今日方得东山卧，
伴雪入眠待花开。

（二）

诗读李杜日复夜，
斗室窈喜添诗学。
晨起新迎一轮日，
晚归笑揖满弓月。

（三）

官辞旧部冷似冰，
老来新知情已薄。
庭前垂柳低无言，
檐头新燕应笑我。

（四）

断鸿声里秋意折，
菊花枝头晓寒多。
河岸迟迟独行人，
人间匆匆一过客。

晚游小园

入夏抱炎日，
画园听朗笛。
风下柳拂地，
雨后燕飞低。
云密出带伞，
晚凉行添衣。
俯身观鱼乐，
举头闻鹊啼。

早望

闻道东风过雄关，
步履时快时停留。
一条广道两边树，
五里洋槐十里柳。
槐守旧枝呈老态，
柳放嫩绿吐新秀。
山已怀春蕴锦绣，
水荡胸襟涌碧流。

清　早

雨闭浓云走，
天开艳阳羞。
林深生泉涌，
谷幽添河流。
远山比肩起，
近城携手出。
一鹤排空上，
展翅在霄九。

晨

大野静心待，
晓看鱼肚白。
众山渐睡起，
孤海缓醒来。
高速万车驰，
古城四门开。
春水迎旭日，
东方露红腮。

晨 望

布谷声形乱，
晨望起春先。
海阔应有岸，
天广似无边。
黄鹂鸣高树，
白云依远山。
时闻马达响，
机耕在农田。

早

冬季凝气候，
春时易反复。
昨夜浸髓骨，
今晨入肌肤。
浓雾湿气送，
大潮暖风拂。
日升见三首，
远足莫踌躇。

清晨即景

大地才复苏，
春风起方遒。
残冰退衔恨，
余雪融含羞。
绿树舞英姿，
碧草挺筋骨。
数犬扑幽径，
雀群惊声呼。

晓

夜尽周遭静，
东方露微明。
树高凭凝望，
草低似倾听。
水阔无帆驰，
路远断人行。
万物此最寂，
只待旭日升。

晨　曲

故园风物入梦遥，
今日择取回乡道。
有村尽归两山抱，
是田皆属一水绕。
沿路百花尽情笑，
隔岭片云随意飘。
日暖风柔鸟声早，
一支晨曲下柳梢。

早　行

昨夜雪来晚，
开门觉衣单。
天阴楼生暗，
地冻树怯寒。
大路车流乱，
步道行人搀。
万物待一刻，
微阳出远山。

早　村

开门田千晌，
上桥雨一场。
高粱始吐穗，
玉米正灌浆。
心平同河静，
身定共风凉。
农家无闲月，
扶垄人倍忙。

晨　景

鸟爱凌晨鸣，
人喜三月行。
水浅知鱼动，
冰薄觉浪声。
垂柳率先绿，
直杨随后青。
黄莺春先语，
最为解风情。

夜　色

向晚风始歇，
夜阑雨初停。
远山渺无影，
近水流有声。
柳枝垂自谦，
竹节拔暗生。
偶有无名鸟，
不知何处鸣。

夜色吟

夜里渤海忽隐踪，
不见菊岛只见灯。
惧暗山峦逃天外，
畏寒星月躲云层。
长河无奈风欺辱，
高树伤心叶飘零。
因过学院驻足看，
楼楼赢得窗户明。

月夜行

夕阳远山驻，
夜幕平地留。
海岸燃焰火，
城外涌车流。
犬吠听有律，
蝉鸣总无休。
却回来时路，
明月照当头。

月夜作

一从故园别，
三载他乡行。
南来水千道，
北望云万重。
月色何忍看，
蝉声不堪听。
此夜动归念，
持酒醉秋风。

问　月

天意高深总无言，
好月不曾照人圆。
莫怨嫦娥心肠别，
广寒宫冷谁复怜？

月　夜

瑟瑟金风送晚晴，
秋夜泛舟月同行。
最是菊黄画亭畔，
独酌醉落满天星。

月光曲

压儿山口吐银盘，
女儿河上静无烟。
月光恼人躲不得，
照罢田间照心间。

题　月

高远银河最皎洁，
广阔人间清辉多。
辛苦唯有今宵月，
暖心嫦娥舞婆娑。
多情不弃一片海，
大爱难舍半条河。
好梦总遂千家愿，
佳景时送万顷波。
天上阴晴月圆缺，
古往今来谁评说？

咏　月

众星捧月向西流，
长夜旅途总不休。
行久天宇数万里，
照遍人间几千秋。
每逢盈时即收手，
但遇亏时便自修。

年年奔波殊辛苦，
耿耿丹心复何求。

寄　怀

海吐日迟迟，
山收月沉沉。
日月动晨昏，
晨昏生古今。

寄　情

人间万事转头空，
未转头时已是梦。
三山仙境寻无影，
十方世界何处行？

短笛横吹·心念桑梓

思　归

南河泛舟波微微，
北岭踏月风习习。
秋雨新来起归意，
只是归期未有期。

过　年

大年如约已启程，
到期只需看今明。
遥夜星光照天远，
古城灯火连海平。
昼驰车流光闪闪，
春萌柳讯影青青。
阵阵鞭炮惊心魄，
簇簇礼花开半空。

住朗月村

傍水方感心中清，
赏月才觉眼前明。
此地洗尽人间事，
清风明月处处行。

过东村

春日无处不妖娆，
风亦多情花含笑。
人说东村景更好，
速遣彩蝶前探哨。

车过故乡

人在心里头，
家在窗外头。
急赴商贾事，
不得故乡留。

村中过小年二首

（一）

今日过小年，
我宿山水间。
鸡鸣破夜暗，
鞭炮驱晓寒。
松轮十围满，
人寿一岁添。
起看东海日，
如约到眼前。

（二）

渐渐东方白，
冉冉朝霞红。
辽阔一海碧，
高远众山青。
寒气立春减，
年味今日浓。
微霜抱岁暮，
尚余未了情。

月夜宿故乡

故园明月早相识，
我今重回两鬓丝。
老宅枯树仍旧在，
陈墙残瓦似儿时。

村　行

冬闲人闲晓进村，
老迎少迎累主人。
炕热男士坐厚垫，
地暖女眷着薄裙。
窖藏鲜果数盘摆，
棚扣新蔬满桌闻。
三壶老酒相对饮，
储囤良种播明春。
衰颜霜鬓何须问，
醉罢灯火已黄昏。

故乡村小

雾散寻村小，
悠然出山坳。
一声雄鸡叫，
三竿日升早。
数峰逐竞秀，
一水围田绕。
国旗上云表，
壁画江山好。
庭院春风拂，
室内阳光照。
花丛忙黄蝶，
林间啼翠鸟。
谆谆授深入，
琅琅书声高。
明日凌云木，
今朝知多少。

注：村小，这里指乡村的小学。

旧　宅

旧宅早已破，
凄凄不忍过。
院柳春寂寂，
墙草秋瑟瑟。
屋漏雨安居，
窗寒雪做客。
竹老不拔节，
花枯蝶难落。
时有夜风探，
蝉声与谁说。

回故乡

故乡频入梦，
今日得重游。
压儿山东立，
女儿河北流。
村前遮绿柳，
田间走耕牛。

偶听犬吠声，
远近时不休。

小　溪

小溪流山前，
清清一道弯。
白日泊云倦，
皓月弄星闲。
柳垂争入内，
山低投其间。
时有鸥鹭起，
惊破水中天。

登望乡台

寻春宜往城郊外，
思归便上望乡台。
雪融日引青山出，
冰化风送绿水来。

垂柳鹅黄才半吐，
早梅粉红已全开。
昨梦乘风跨东海，
故园山水入襟怀。

宿 上 村

鸡勤一声晓，
上村醒来早。
云举三山险，
海收六水遥。
车流高速桥，
人语小学校。
村西雨潇潇，
村东艳阳照。

入 村

假日宜结伴，
晴明好游玩。

鸟啼岸边柳，
犁耕水中天。
入村雨丝乱，
归山云影残。
儿童追黄蝶，
两三菜花间。

故乡吟

宜解北摸虎，
何意南字服。
稻田镶翡翠，
村落缀珍珠。
两山遥相对，
一水竟自流。
故园铺锦绣，
沦老可淹留。

注：北摸虎山、南字服山在故乡一南一北。

乡　游

十载为异客，
一朝回乡迟。
花新浑不识，
柳老是旧知。
老宅寻有迹，
少伴见无几。
前村叩门问，
几家犬声激。

故 乡 行

周日百事空，
驱车故园行。
月山立不语，
杨河流有情。
风柔柳花白，
日暖高粱红。
时有窃秋鸟，
惊起去无声。

乡　思

醉后登楼东北望，
心随秋雁向远方。
进怀春水浩荡荡，
入眼暮山莽苍苍。
故乡十载尚觉短，
他乡一日即为长。
明晨便是归期至，
扶栏轻步下夕阳。

山村夏景

入夏阴少晴，
浮云伴雨行。
燕鸥飞翔影，
禾苗拔节声。
皎皎山吐月，
冥冥水浮空。
牧童驱羊返，
肩挑满天星。

故乡行吟

春晨好去处，
故乡远招手。
香递桃花院，
绿溢柳枝头。
兴来对山呼，
诗成邻水读。
云衣风脱尽，
数峰倾受出。

野　望

扶岸十里游，
诗思在心头。
大道驰纷乱，
小路步清幽。
茅屋伏草蔓，
广厦住云岫。
野葵最堪笑，
天阴尽垂首。

假日回乡偶遇邻家婚礼

人到故乡心放晴，
杨柳依依走来迎。
黄鹂枝头唱婉转，
紫燕梁间语叮咛。
山闲任由白云抱，
河忙直向碧海行。
忽见礼炮空中起，
邻家喜事在村东。

故乡所见

昨夜在梦中，
今晨入眼里。
月山直扑怀，
玉河欲上衣。
半村鸣晓鸡，
四野走耕犁。
日出看村小，
猎猎正升旗。

小满驱车村行

小满犹未满，
雨水逾勤勉。
野花初开倦，
靡草始凋残。
稻粒灌玉浆，
麦穗注甘甜。
饱腹有美物，
苦菜正嫩鲜。

夏日山村即景

春催一粒种，
夏染万垄青。
田禾始拔节，
山果初长成。
好云随时来，
喜雨任意倾。
农家辛勤久，
蓑衣垄上行。

雨后游村

我亦苦盼久，
喜雨夜来喧。
北湖悄然满，
南河任意宽。
薄雾起高树，
淡云抱远山。
信步斜日晚，
风送蛙鼓连。

山村之晨

风沉驱不去，
霜重故迟留。
白云随意走，
碧水任意流。
鸡鸣天破晓，
雁叫岁有秋。
此身何处寄？
黄花笑白头。

山村闲居

别业读书室，
赋闲任由之。
野山邀入座，
疏雨约进池。
投食鱼游速，
信步鸟声迟。
晚日风乍起，
落花俯身拾。

初夏山村晚望

入夏气象总万千，
一日景物数变迁。
风起天末来又返，
雨入河源减复添。
白云无主坠山远，
黄鹂有依鸣树巅。
村东农家最勤勉，
步云插稻水中天。

村　晚

晚投两山间，
拾得一朝闲。
白云去悠悠，
碧水来喧喧。
山果缀枝满，
金谷笑腰弯。
田家邀我至，
把酒话丰年。

宿村遇雪

一色地接天，
门前雪堆满。
是河皆遮面，
有山尽覆颜。
家家扫庭院，
处处起炊烟。
三五童子乱，
村头追鸡犬。

客农家

高山生曙色，
乡村起劳歌。
路边杨柳槐，
院里鸡鸭鹅。
曲流盘沟壑，
梯田抱山坡。
幸自农家入，
犬声亦柔和。

晚次二龙山村

向晚雨乍停，
大野转晴明。
一水朗声送，
两山起身迎。
过桥树尽绿，
进村路皆平。
几家忙农事，
耕月垄上行。

宿故人山庄早望

夜雨洗清嶂，
晨鸡声悠长。
海潮直进门，
山色欲侵窗。
乘风上极顶，
踏云抱朝阳。
我心欣有望，
此乡即吾乡。

村 溪 行

一路未停歇，
蜿蜒村南过。
风疏桥影乱，
林密岸婀娜。
鸟戏花间蝶，
月映水中波。
美景匹良夜，
游子归不得。

过故乡河桥有感

少年为功名，
白发竟何成。
有志风俗正，
无力河晏清。
成败生前事，
毁誉身后评。
桥下无情水，
流年总不停。